오늘 기분이 어때?
네 마음을 크게 말해 봐!

* 감정 스티커를 붙여 보세요.

감동하다 **걱정스럽다** **괜찮다**

얄밉다

궁금하다 **친구들 보고 싶다** **놀라다**

그립다

재미있다

두렵다 **나의 꿈은...** **사랑하다**

부끄럽다

우울하다

기쁘다	답답하다	당황스럽다
불안하다	뿌듯하다	속상하다
신기하다	신나다	실망하다

혼란스럽다

난 오늘 내 기분이 어떤지 잘 모르겠어.

아까는 마음속에서 불이 났고,
그다음에는 괜히 울고 싶었어.

지금은 마음이
 둥실둥실 뜨는 것 같아.
이런 기분을 뭐라고 말해?

나에게 힘이 되는 마음 사전 ♥ 감정 편 ♥

나도 모르는 내 마음
네 마음을 크게 말해 봐 ①

글 장선혜 | 그림 김이조

마루벌

난 오늘 내 기분이 어떤지 잘 모르겠어.

아까는 마음속에서 불이 났고,
그다음에는 괜히 울고 싶었어.

지금은 마음이
둥실둥실 뜨는 것 같아.
이런 기분을 뭐라고 말해?

내 기분이 어떤지 알고,
말로 표현할 수 있다면 얼마나 멋질까?
그러면 가족 그리고 친구들과
더 가까워질 수 있을 거야.

어떤 것에 대해 일어나는 마음이나
느끼는 기분을 감정이라고 해.
그중에서도 누구나 확실하게 알 수 있는 감정이 있어.
느끼기 쉽고 말하기도 쉬운 감정이지.

슬프다

화나다

무섭다

하지만 모든 감정이 아주 뚜렷하고 확실한 건 아니야.
자세히 들여다보아야 알 수 있는 감정도 있어.
그런 감정을 나타내는 말을 배워 두면,
내 마음을 표현하는 데 아주 큰 도움이 될 거야.

어이없다

불안하다

당황스럽다

가끔은 같은 대상을 보고 여러 가지 감정이 들기도 해.
동생이 태어나면 딱 그런 상황이 되지.

시골에 있는 할머니 댁에 놀러 가도
여러 가지 감정이 들어.

시골집에는 컴퓨터도, 핸드폰도 없어서 당황스러워.

할머니가 내 말을 못 알아들어서 답답해.

이렇게 크고 작은 감정을
잘 표현할 수 있다면 얼마나 좋을까?

차례

ㄱ-ㄴ

감동하다	15
걱정스럽다	17
괜찮다	19
궁금하다	21
그립다	23
기쁘다	25
놀라다	27

답답해.

ㄷ-ㅂ

답답하다	29
당황스럽다	31
두렵다	33
무섭다	35
부끄럽다	37
불안하다	39
뿌듯하다	41

ㅅ

사랑하다	43
상쾌하다	45
섭섭하다	47
속상하다	49
슬프다	51

신기하다	53
신나다	55
실망하다	57

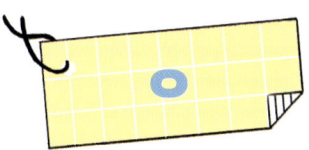

안심하다, 안심이 되다	59
안타깝다	61
어이없다	63
억울하다	65
얼떨떨하다	67
외롭다	69
우울하다	71

자신 있다	73
조마조마하다	75
즐겁다	77
짜증 나다	79
편안하다	81
행복하다	83
화나다	85
후회하다	87
흐뭇하다	89

옆 반 남자아이가 아끼던 열쇠고리를 주며 "나랑 친구 할래?"라고 했을 때 정말 감동했어.

♥고마워♥

나랑 친구 할래?

감동하다

비 오는 날, 우산을 들고 날 기다리는 엄마를 보고
감동해서 마음이 따스해졌어.

❀

선생님이 "희수야, 이제 몸 괜찮아?" 하고
물었을 때 진짜 감동했어.

❀

친구가 다른 사람들 앞에서 내 칭찬을 해서 감동했어.

'감동하다'는 상대방의 따뜻한 마음이 느껴져서 내 마음이 크게 움직일 때 쓰는 말이야. 감동하면 마음이 벅차오르면서 아주 기분이 좋아져. 내가 따뜻한 마음으로 상대방을 대하면, 상대방도 나처럼 감동하지 않을까?

걱정스럽다

학교에 가려고 하는데, 배가 살살 아파서
설사할까 봐 걱정스러웠어.

일하러 간 아빠가 밤늦게까지 돌아오지 않으면
걱정스러울 거야.

숙제를 안 하고 학교에 가려고 하니까
걱정스러워서 발이 안 떨어져.

'걱정스럽다'는 마음이 놓이지 않고 불안할 때 쓰는 말이야. 나와 상관없이 일어난 일 때문에 걱정스러울 때도 있지만, 내가 잘못한 일 때문에 걱정스러울 때도 있어.

감기약이 쓸 줄 알았는데,
꿀꺽 삼켰더니 생각보다 괜찮았어.

괜찮다

피구 시합에서 우리 팀이 졌을 때 선생님이
"괜찮아." 하고 말해 주었어.

❀

친구가 만든 블록을 내가 실수로 부수었는데,
친구가 이렇게 말했어.
"괜찮아. 다시 만들면 돼."

❀

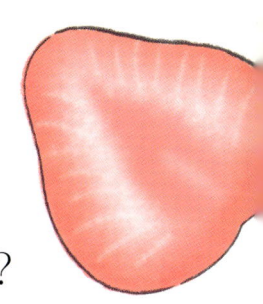

피아노를 치는데 자꾸 틀릴 때
누군가 괜찮다고 말해 주면 얼마나 좋을까?

'괜찮다'는 나쁘지 않고 오히려 보통 이상일 때 쓰는 말이야. 걱정하지 말라는 뜻도 있어. "괜찮아."라고 말하면 듣는 사람이 안심하게 돼.

궁금하다

오늘 저녁 메뉴는 무얼까? 정말 궁금해.

❀

엄마랑 아빠가 내가 못 알아듣는 이야기를 할 때
얼마나 궁금한지 알아?

❀

택배 상자 속에 무엇이 들어 있는지 궁금해서
살짝 흔들어 보았어.

'궁금하다'는 무언가를 알고 싶어서 마음이 답답할 때 쓰는 말이야. 그럴 때는 답답한 마음이 풀릴 때까지 이리저리 알아보는 게 어떨까? 그래도 궁금증이 안 풀릴 때는 부모님에게 물어보거나 책을 찾아보는 것도 좋아.

방학 동안 친구들을 못 만났더니 정말 그리워.

그립다

아빠가 출장 가서 한참 동안 못 보니까
그리워서 자꾸 눈물이 나.

❀

강아지가 아파서 병원에 일주일 동안 입원했을 때
진짜 그리웠어.

❀

오늘은 오랫동안 보지 못한
그리운 할머니에게 꼭 전화해야지.

'그립다'는 누군가를 많이 보고 싶거나 만나고 싶을 때 쓰는 말이야. 친하거나 좋아하는 사람과 만나지 못하면 보고 싶은 마음이 아주 커지지. 그 커다란 마음을 그리움이라고 하는데, 사람뿐만 아니라 집에서 키우는 반려동물에게도 같은 마음이 들기도 해.

기쁘다

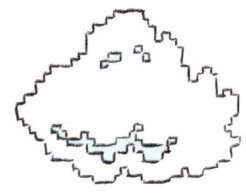

크리스마스 아침, 산타 할아버지가 전날 밤에
두고 간 선물을 발견했을 때 정말 기뻤어.

❁

내가 꼭 읽고 싶은 책을
엄마가 사 주어서 정말 기뻤어.

❁

게임을 30분 더 해도 좋다고 허락받았을 때
기뻐서 소리를 질렀어.

'기쁘다'는 바라는 일이 이루어져 기분이 아주 좋고 즐거울 때 쓰는 말이야. 내가 언제 기뻤는지 잘 생각해 봐. 그리고 엄마와 아빠에게 언제 가장 기쁜지 물어보고, 같이 이야기를 나눠 봐.

길을 가는데 커다란 개가 갑자기
컹컹 짖어서 깜짝 놀랐어.

놀라다

컵이 떨어져 와장창 깨지는 소리에 놀라서
벌떡 일어났어.

❦

누가 숨어 있다가 "왁!" 하고 소리 지르며 튀어나오면
깜짝 놀랄 수밖에 없어.

❦

친구가 줄넘기 연습을 열심히 하더니
3단 뛰기를 하는 걸 보고 정말 놀랐어.

'놀라다'는 생각하지도 못한 일이나 무서움 때문에 가슴이 두근거릴 때 쓰는 말이야. 갑자기 커다란 소리가 나거나 벌레가 나왔을 때, 깜깜한 밤에 뭔가 불쑥 나타났을 때 놀란 적이 누구나 한 번쯤은 있을 거야. 신기한 것이나 대단한 것을 보고 감동해서 "정말 놀라워!"라고 말하기도 해.

엄마랑 아빠가
내 이야기를 알아듣지 못할 때, 정말 답답해.

답답하다

아무리 노력해도 로봇 조립이 잘 안 되면
진짜 답답해.

❀

엄마가 할 시간도 주지 않고 왜 안 했느냐고 야단칠 때,
가슴이 답답했어.

❀

동생이 집 비밀번호를 자기가 누르겠다고 우겼지만,
자꾸 틀려서 엄청 답답했어.

'답답하다'는 일이 뜻대로 되지 않아 애가 타고 숨이 막힐 것 같을 때 쓰는 말이야. 내가 하는 일이 잘 안되어서 답답할 때도 있지만, 상대방과 말이 잘 통하지 않을 때도 답답한 마음이 들어. 그럴 때는 상대방에게 내 이야기를 천천히 또박또박 말해 봐.

아이스크림 값을 내야 하는데
지갑이 없으면 당황스러워.

당황스럽다

선생님이 나에게 "오늘 뭐 할까?" 하고 갑자기
물어봐서 당황스러웠어.

❀

잘 보이고 싶은 친구 앞에서 '꽈당' 넘어졌을 때
부끄럽고 당황스러웠어.

❀

화장실에서 똥을 누었는데, 휴지가 없으면
얼마나 당황스러울까?

'당황스럽다'는 놀라거나 마음이 급해서 어떻게 해야 할지 모를 때 쓰는 말이야. 생각하지도 못한 일 때문에 당황하면 머리가 뒤죽박죽되어 실수를 하기도 해. 이럴 땐 숨을 깊게 쉬며 천천히 방법을 찾아봐.

두렵다

꿈속에서 무서운 귀신이나 괴물이 나올까 봐
잠자기가 두려워.

형의 로봇을 실수로 망가뜨렸는데,
형이 화낼까 봐 두려워서 몰래 숨겼어.

형동생을 때렸는데,
동생이 그걸 엄마한테 이를까 봐 두려워.

'두렵다'는 눈앞에 실제로 무서운 대상이 있다기보다는 그럴지도 모른다고 여겨서 불안할 때 쓰는 말이야. 하지만 짐작만으로 무서워하지 말고 용기를 가져 봐. 두려움이 반으로 줄어들 거야. 또 잘못한 것을 누구에게 들킬까 봐 걱정하는 마음을 나타내기도 해.

깜깜한 밤에 혼자 있으면 정말 무서워.

무섭다

건널목을 건널 때 저 멀리에서
자동차가 쌩쌩 달려오면 무서워.

❁

비행기를 탔는데, 하늘로 올라가면서
귀가 막히고 몸이 눌리는 느낌이 들 때 조금 무서웠어.

❁

평소에 잘 웃는 엄마가
진짜 화나면 엄청 무서워.

'무섭다'는 누구를 만나거나 어떤 일이 일어나서 마음이 불안할 때 쓰는 말이야. 두려운 마음은 혼자 상상해서 불안해지는 마음이고, 무서운 마음은 구체적인 대상이나 실제 상황을 눈앞에서 보고 불안해지는 마음이야.

친구들 앞에 나가서 발표하면, 목소리가 막 떨리면서 엄청 부끄러워.

나의 꿈은...
음... 음...

부끄럽다

모르는 어른들에게 인사할 때면
괜히 부끄러워.

❀

명절에 친척들 앞에서 노래 부르라고 하면
부끄러워서 숨고 싶어.

❀

같은 반에 좋아하는 남자 친구와 마주치면
부끄러워서 얼굴이 빨개져.

'**부끄럽다**'는 용기가 없어서 수줍을 때 쓰는 말이야. 속으로는 정말 부끄럽지만, 용기를 내서 인사도 잘하고 발표도 씩씩하게 하면 부끄러움이 조금씩 줄어들 거야. 뭔가 실수해서 창피할 때도 부끄러운 마음이 들어.

꿈속에서 엄마가 나만 두고
어디로 가 버릴까 봐
불안했어.

불안하다

수업 시간에 오줌이 마려울까 봐 불안했어.

아침에 유치원 버스를 놓칠까 봐 불안한 마음에
서둘러 나갔어.

친구가 더 많이 먹을까 봐 불안해서
먼저 과자를 입안 가득 넣었어.

'불안하다'는 무슨 일이 생길까 봐 마음이 편하지 않을 때 쓰는 말이야. 좋아하는 게 없어질까 봐 불안하면 마음이 편하지 않아. 하지만 버스를 놓칠까 봐 불안해서 서두르는 것처럼, 미리 준비하도록 도와주어서 좋은 점도 있어.

"언니가 머리 빗겨 줬어요. 언니가 최고야!"

동생이 엄마랑 아빠에게 내 자랑을 하니까 마음이 뿌듯해.

뿌듯하다

아빠랑 같이 재활용 쓰레기를 버리고 나서
하이 파이브 할 때 뿌듯했어.

❀

"글씨를 참 잘 쓰네." 하고 선생님이 칭찬하면
진짜 뿌듯해.

❀

태권도 학원에서 밤 띠를 땄을 때
얼마나 뿌듯했는지 몰라.

'뿌듯하다'는 내가 남을 돕거나 칭찬을 들었을 때 그리고 내 힘으로 무언가 해낸 게 기뻐서 가슴이 벅찰 때 쓰는 말이야. 기쁘고 벅찬 마음으로 꽉 차면 누구나 행복해져. 그래서 또 남을 돕거나 칭찬받을 일을 열심히 하게 되지.

사랑하다

동생이 다칠까 봐 늘 걱정되는 걸 보면,
내가 동생을 정말 사랑하나 봐.

친구가 가장 아끼는 로봇을 줄 만큼
나를 사랑한대.

아빠가 고기를 구워 모두 내 앞에 놓아 주었어.
"아빠, 나 많이 사랑하지요?"

'사랑하다'는 어떤 사람이나 사물을 소중하게 여기고
아낄 때 쓰는 말이야. 사랑하는 마음은 내가 상대방을 많이 좋아하거나,
상대방에게 무엇을 줘도 아깝지 않은 마음이지.

땀 뻘뻘 흘린 뒤 시원한 물로 샤워하고 나오면 상쾌해.

상쾌하다

숲 체험을 갔을 때 풀 냄새를 맡았더니
기분이 상쾌했어.

시원한 바람이 상쾌하게 느껴졌어.

밀린 숙제를 마치고 나면 마음이 상쾌해.

'상쾌하다'는 시원하고 산뜻한 느낌이 들 때 쓰는 말이야. 맑은 공기나 바람, 좋은 향을 느낄 때 주로 쓰지. 맡은 일을 깔끔하게 잘 해냈을 때도 상쾌하다는 말을 써. 아주 기분 좋은 말이야.

나랑 제일 친한 친구가 다른 친구와 노는 걸 보니 섭섭했어.

섭섭하다

동생이랑 싸우는데
엄마가 동생 편만 들면
얼마나 섭섭한지 알아?

내가 선물한 자동차 그림을
형이 쓰레기통에 버려서 섭섭했어.

나는 자전거를 못 타는데,
친구들이 자전거를 타러 가자고 해서 진짜 섭섭했어.

'섭섭하다'는 서운하고 아쉬운 마음이 들 때 쓰는 말이야. 섭섭한 마음이 커지면 상대방을 오해하게 될 수도 있어. 그러니까 누군가에게 섭섭한 마음이 들 때는 상대방과 솔직하게 이야기해서 푸는 게 가장 좋아.

캠핑을 가기로 한 날, 비가 내려서 못 가게 되면
진짜 속상할 거야.

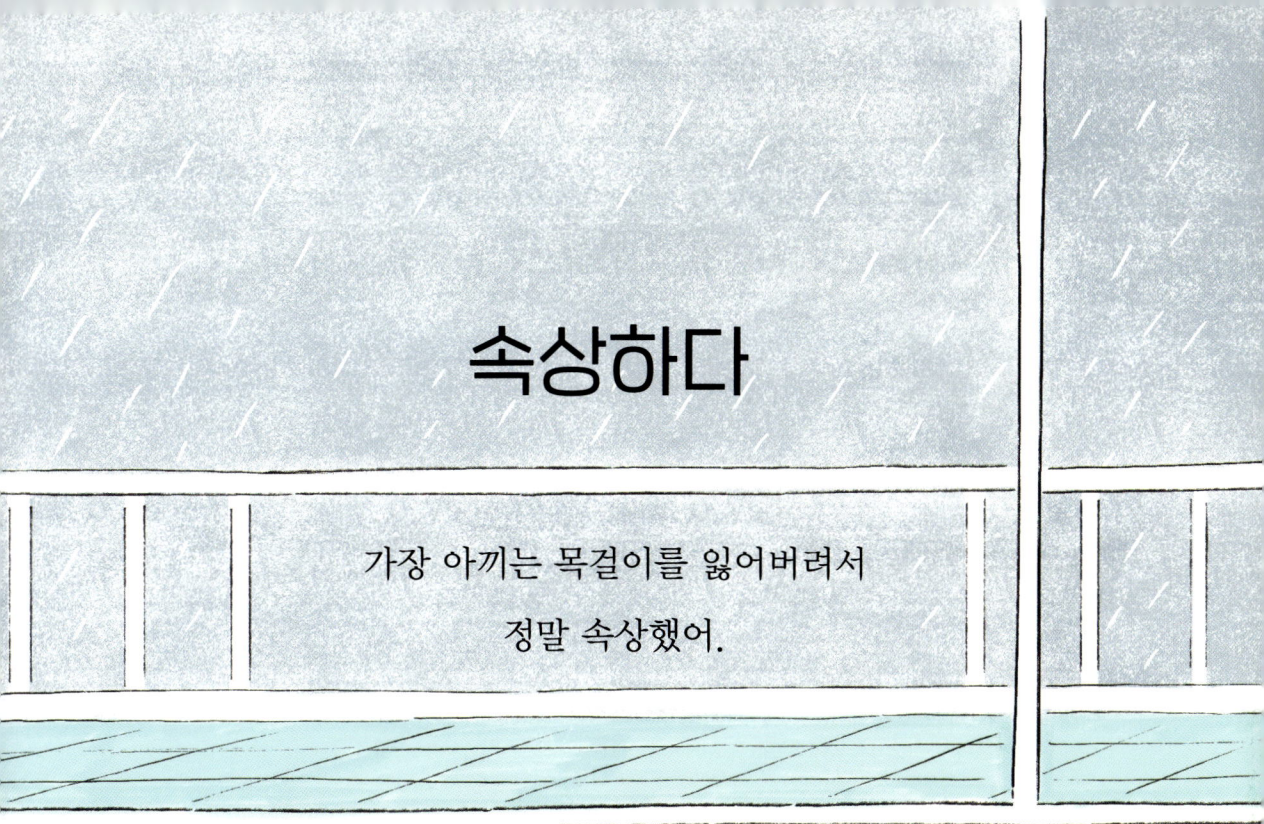

속상하다

가장 아끼는 목걸이를 잃어버려서
정말 속상했어.

실수로 '꽈당' 넘어졌는데, 친구들이 그걸 보고
와하하 웃으니까 속상해서 눈물이 찔끔 났어.

❀

열심히 그린 그림 위에 주스를 쏟았을 때
얼마나 속상했는지 알아?

'속상하다'는 화가 나거나 걱정되는 일 때문에 마음이 불편할 때 쓰는 말이야. 그런데 속상한 마음은 빨리 잊고 앞으로 나아가는 게 좋아. 더 멋진 일이 기다릴 테니까.

키우던 강아지가
사고를 당해 하늘나라로 갔을 때,
너무 슬펐어.

슬프다

엄마가 아파서 누워 있으니까 슬프고 우울했어.

유치원 졸업식에서 선생님하고 헤어졌을 때
정말 슬펐어.

제일 친한 친구가 먼 곳으로 이사 갈 때
슬퍼서 눈물이 났어.

'슬프다'는 어떤 일 때문에 눈물이 날 정도로 마음이 아플 때 쓰는 말이야. 소중한 사람이 아프거나 멀리 떠날 때, 또는 좋아하던 물건이 없어졌을 때 슬픈 마음이 들어. 그러니까 소중한 사람이나 좋아하는 물건이 있다면 평소에 더 아껴 줘야 해.

신기하다

마술사의 모자에서는 어떻게 비둘기가
계속 나오는 걸까? 정말 신기해!

❀

아기가 엄마 배 속에서
움직이는 것을 느꼈을 때, 진짜 신기했어.

❀

식당에서 음식을 날라다 주는 로봇이 신기해서
자꾸만 쳐다보았어.

'신기하다'는 믿을 수 없을 정도로 색다르고 놀라울 때 쓰는 말이야. 뭔가 특별하거나 대단한 걸 보았을 때 느끼는 감정이지. 신기한 걸 보면 깜짝 놀라서 눈이 휘둥그레지면서, "와!" 하고 소리를 지르게 돼.

눈 오는 날, 친구들하고 눈싸움을 할 때면 정말 신나.

신나다

놀이공원에서 놀이기구를 타려고
줄 섰을 때 진짜 신났어!

학교에서 처음 소풍 가는 날,
엄마가 깨우지도 않았는데 너무 신나서
눈이 번쩍 떠졌어.

아빠가 사 준 킥보드를 타고 친구들이랑
신나게 달렸어.

'신나다'는 어떤 일이 재미있고 즐거워서 기분이 좋을 때 쓰는 말이야.
신나면 평소보다 힘이 펄펄 넘쳐서 멈추지 않고 계속하고 싶어지지. 하지만 적당히 하고 멈출 줄 알아야 다음에도 신나는 일을 할 수 있어.

갖고 싶었던 장난감이 다 팔려서 텅 비었지 뭐야. 정말 실망했어.

실망하다

태권도 승급 심사에서 떨어졌어도 실망하지 않았어.
"새로운 띠는 다음에 따면 되지, 뭐!"

❀

시골 할머니 집에 가기로 한 게 미루어져서
얼마나 실망했는지 몰라.

❀

체험 학습이 갑자기 취소되어서
무척 실망했어.

'실망하다'는 될 거라고 믿었던 일이 이루어지지 않아서 마음이 좋지 않을 때 쓰는 말이야. 하지만 실망하는 게 꼭 나쁜 것만은 아니야. 실망하면 그 일이 왜 잘 안되었는지 생각하게 되고, 다음에 더 잘할 수 있는 힘이 생기거든.

밤에 엄마가 옆에서 잠을 재워 주면 안심이 돼.

안심하다, 안심이 되다

내가 넘어지니까 지켜보던
 아빠가 한걸음에 달려와서 안심했어.

케이블카 탈 때, 무사히 바닥에 내려서야
 안심이 돼.

무서운 개가 눈앞에서 사라지기 전에는
 안심이 되지 않아.

'안심하다, 안심이 되다'는 무섭거나 긴장되는 상황에서 벗어나 마음이 편해질 때 쓰는 말이야. 무슨 일이 생길까 봐 불안해하는 것과 반대되는 마음이지. 엄마랑 아빠가 곁에 있을 때나 무섭고 위험한 환경에서 벗어났을 때 드는 마음이야.

운동회에서 1등으로 달리다가 결승선 바로 앞에서 넘어졌을 때 정말 안타까웠어.

안타깝다

텔레비전에서 아픈 사람 이야기가 나올 때마다
안타까운 마음이 들어.

❁

친구가 다쳐서 무릎에 붕대를 감고 왔을 때,
안타까웠어.

❁

엄마랑 열심히 뛰었는데 유치원 버스를 놓치면
얼마나 안타까울까?

'안타깝다'는 뜻대로 되지 않거나, 보기에 딱해서 가슴이 아프고 답답할 때 쓰는 말이야. 안타까운 마음이 들 때는 나에게 부족한 것을 채우기 위해 노력하거나, 어려움을 겪는 친구를 도와주는 것도 좋은 방법이야.

맛있는 빵을 사려고 줄 서서 한참 동안 기다렸는데,
내 앞에서 빵이 다 팔렸을 때 진짜 어이없었어.

어이없다

열심히 한 숙제를 집에 두고 온 걸
알고 정말 어이없었어.

❀

화장실에서 한 줄 서기를 하는데,
다른 친구가 새치기하면 정말 어이없어.

❀

아이스크림을 한 입도 못 먹고 바닥에 떨어뜨리면
얼마나 어이없을까…….

'어이없다'는 어떤 일이나 상황이 생각과 너무 달라서 기가 막힐 때 쓰는 말이야. 어이없는 일이 생기면 황당하고 억울한 마음이 들기도 해. 내가 조금 더 미리 움직이거나 꼼꼼히 확인한다면 어이없는 일이 생기는 걸 줄일 수 있어.

동생을 때리지도 않았는데,
내가 때렸다고 혼나면 정말 억울해.

억울하다

막 숙제하려고 했는데, 엄마가 숙제 안 했다고
야단칠 때면 진짜 억울해.

그냥 빨리 걸었는데, 친구가 선생님에게
내가 복도에서 뛰었다고 말했을 때 정말 억울했어.

동생이 잘못했는데, 나까지 같이 혼나면
얼마나 억울한데.

'억울하다'는 잘못이 없는데도 꾸중을 들어 속이 상하고 답답할 때 쓰는 말이야. 억울한 일이 생겼을 때, 또박또박 설명하지 않고 화부터 내거나 울면 상대방이 나를 더 오해하게 돼.

빙글빙글 도는 놀이기구를 타다가 땅에 내려오면 얼떨떨해.

얼떨떨하다

생각하지도 못했는데,
줄넘기 대회에서 1등을 했을 때 얼떨떨했어.

갑자기 상을 받았는데, 얼떨떨해서
아무 말도 못 했어.

길을 가다가 동네 친구가 찬 축구공에 머리를 맞았어.
그 순간 골이 얼떨떨했어.

'얼떨떨하다'는 머리가 울리고 어지러울 때 쓰는 말이야. 기대도 안 했는데 좋은 결과가 있거나 갑작스럽게 머리가 멍할 때도 쓰지. 나쁜 일이 생겨서 얼떨떨할 때만 있는 건 아니니까 좋은 일이 생기기를 기대해 보자.

외롭다

낮잠을 자고 일어났더니 집에 아무도 없어서
무섭고 외로웠어.

❃

내가 인형 놀이를 하자고 했는데,
친구들이 다 싫다고 했을 때 외로운 마음이 들었어.

❃

방과 후 수업에 아는 친구가 한 명도 없으면
정말 외로워.

'외롭다'는 혼자 있거나 기댈 곳이 없어서 쓸쓸할 때 쓰는 말이야. 여럿이 있어도 아는 친구가 없으면 외로운 마음이 들어. 그럴 때는 먼저 다가가서 "나랑 친구 할래?" 하며 새 친구를 만드는 게 어때?

우울하다

스마트폰이 고장 나서 제일 좋아하는 게임을
못 하니까 우울했어.

❀

이가 아파서 치과에 갈 생각을 했더니
우울해졌어.

❀

가장 아끼는 장난감이 부서졌을 때는
진짜 우울해서 밥도 먹기 싫었어.

'우울하다'는 걱정이 되거나 슬퍼서 힘이 없을 때 쓰는 말이야. 우울하다고 축 늘어져 있으면 우울한 마음이 점점 더 커져서 오히려 힘들어져. 그럴 때는 어떻게 하면 기분이 나아질지 생각해 보고, 엄마랑 아빠에게 솔직하게 이야기해 봐.

자신 있다

나는 워낙 잘 뛰어서 달리기 시합이라면
자신 있어.

❁

롤러스케이트를 열심히 연습해서
씽씽 잘 달릴 자신 있어.

❁

퍼즐 맞추기라면 누구보다도
빨리할 자신 있어.

'자신 있다'는 어떤 일을 해낼 수 있다고 믿을 때 쓰는 말이야. 자신감이 있으면 보통 때보다 힘이 나고, 뭐든 잘할 수 있다고 믿게 돼. 그러면 조금 어려운 일도 척척 해낼 수 있어.

조마조마하다

친구들 앞에서 장기자랑을 하는데,
실수할까 봐 조마조마했어.

다쳐서 병원에 갔는데, 치료할 때 아플까 봐
조마조마한 마음이 들었어.

몰래 방귀를 뀌었는데, 누가 알까 봐 조마조마했어.

'조마조마하다'는 앞으로 닥쳐올 일이 걱정될 때 쓰는 말이야. '불안하다'와 거의 비슷한데, 바로 닥쳐올 일이나 닥친 일 때문에 긴장될 때 조마조마하다는 말을 써.

즐겁다

어릴 때 사진을 보며 엄마와 이야기하면
정말 즐거워.

❀

친구들과 키즈 카페에 놀러 갔는데,
엄청 즐거웠어.

❀

좋아하는 게임을 계속하니까
얼마나 즐거운지 몰라.

'즐겁다'는 웃음이 나고 기분이 좋을 때 쓰는 말이야. 즐겁게 놀다 보면, 조금 놀았다고 생각했는데 어느새 몇 시간이 흘러가 버리기도 해. 즐거웠던 일을 그림일기로 남겨 두면 오래오래 기억할 수 있어.

동생이 내 물건을 함부로 만지면 짜증 나.

짜증 나다

책을 읽고 있는데, 친구가 자꾸 장난을 걸면
짜증 나.

공부하고 있는데, 엄마가 또 공부하라고 할 때
짜증 나.

기대하던 만화 영화를 보러 극장에 가는데,
차가 밀려서 늦어지면 진짜 짜증 나.

'짜증 나다'는 마음에 들지 않아서 기분이 나쁘고 신경질이 날 때 쓰는 말이야. 내 생각대로 일이 되지 않을 때면 짜증이 나. 그러면 나도 모르게 참지 못하고 화를 내기도 하지. 그럴 때 왜 짜증이 났는지 상대방과 차근차근 이야기해 보면 어떨까?

편안하다

밖에서 뛰어놀다가 집에 돌아와
소파에 앉으면 엄청 편안해.

따뜻한 물로 목욕하고
커다란 타월로 몸을 감싸면 아주 편안하고 포근해.

가족들과 같이 있으면 마음이 편안해져.

'편안하다'는 편하고 걱정이 없을 때 쓰는 말이야. 몸과 마음이 다 편할 때 편안하게 느껴지지. 쉴 수 있는 자리나 기댈 수 있는 사람이 가까이 있을 때 편안한 마음이 들어.

내가 그린 그림을 보고
엄마랑 아빠가 최고라고 할 때 행복해.

행복하다

가족들이 내 생일을 잊은 줄 알았는데,
깜짝 파티를 해 주어서 행복했어.

내가 진짜 먹고 싶었던 음식을
엄마랑 아빠가 사 준다고 할 때 행복해.

눈이 펑펑 내리면 나랑 같이 눈사람을 만들자.
어때, 생각만 해도 행복하지?

'행복하다'는 살면서 기쁘고 즐겁고 만족스러울 때 쓰는 말이야. 행복한 마음이 들면, 하루하루가 즐겁고 다가올 내일을 기대하게 되지. 행복한 마음은 우리가 살면서 느끼는 마음 중에서 가장 소중한 마음이야. 내가 행복하면 누구에게나 잘하게 돼.

나는 형이 입던 옷을 물려 입는데,
형만 맨날 새 옷을 사니까 정말 화나.

화나다

친구가 자꾸 나를 놀려서 진짜 화났어.

❀

동생과 게임하다가 졌는데,
화나서 다시 시작하자고 했어.

❀

엄마랑 아빠가 약속을 해 놓고 지키지 않아서
엄청 화났어.

'화나다'는 나쁜 기분이 거칠게 터져 나올 때 쓰는 말이야. 억울하거나 뜻대로 되지 않을 때, 또는 내 실수로 무언가가 잘못되면 화가 날 수 있어. 하지만 화가 난다고 해서 아무에게나 덤비거나 따지지 말고 화를 푸는 방법을 찾아봐.

사탕을 먹고 나서 양치질을 안 해서 충치가 생겼다고 의사 선생님이 말했어. 얼마나 후회했는지 몰라.

후회하다

마트에서 딱 하나 고른 간식이 맛이 없을 때
"다른 거 고를걸." 하고 후회했어.

❁

학교에서 장기자랑 하는 시간에
우물쭈물하다가 아무것도 못 해서 후회했어.

❁

친구가 놀자고 하는 걸 싫다고 했는데,
나 빼고 친구들끼리 재미있게 노는 걸 보고 후회했어.

'후회하다'는 잘못한 일을 다시 되돌리고 싶을 때 쓰는 말이야. "아까 내가 왜 그랬지?" 하고 후회하면 기분이 우울해지고 힘도 빠져. 하지만 다음에는 같은 잘못을 되풀이하지 않으려고 노력하게 되지. 그래서 후회하는 것도 가끔은 필요해.

열심히 연습해서 줄넘기를 잘하게 되었을 때
정말 흐뭇했어.

흐뭇하다

공개 수업 때 내 발표 차례가 끝나니까
엄마가 엄지척했어. 얼마나 흐뭇하던지!

❀

친구의 책상을 같이 치워 줬는데,
친구가 좋아하니까 흐뭇한 마음이 들었어.

❀

내가 만든 피자를
엄마랑 아빠가 맛있다고 칭찬해서 흐뭇했어.

'흐뭇하다'는 마음에 들어 기분이 좋을 때 쓰는 말이야. 흐뭇한 마음은 내가 스스로 한 일이 만족스럽거나 그 일로 칭찬을 들었을 때 드는 마음을 말해. 다른 것도 잘하고 싶게 하는 힘이 되지.

글 장선혜
아이스러움이 좋아 그림을 그리고 글을 쓰다가 어느새 어린이책 만드는 일을 하고 있습니다.
출판미술대전 토이북상 1회 대상을 받았습니다. 쓴 책으로《수학 나라 이야기쟁이》,《샐리의 법칙》,
《엄홍길, 또다시 히말라야로!》등을 썼고, 인성 동화《심쿵》, 과학 동화《과학도깨비》등의 시리즈를 기획했습니다.

그림 김이조
문경에서 농사도 짓고 그림을 그리며 살고 있어요.
마당에 작은 꽃밭도 만들었어요. 꽃들이 웃으면 미소 지어집니다.
직접 그린 그림이 어린이 마음속 꽃씨가 되길 바래요.
그린 책으로는《놀이터의 비밀》,《이름이 많은 개》,《귀신보다 더 무서워》등이 있습니다.

나에게 힘이 되는 마음 사전 ♥ 감정 편 ♥

장선혜 글 | 김이조 그림

초판 1쇄 펴낸 날 | 2025년 3월 10일

펴낸이 | 장영재 **펴낸곳** | 마루벌 **등록** | 2004년 4월 1일(제2004-000083호)
주소 | 서울시 마포구 성미산로32길 12, 2층 (우 03983) **전화** | 02-3141-4421
팩스 | 0505-333-4428 **홈페이지** | www.marubol.co.kr

이 책의 어떠한 부분도 마루벌의 서면 허락 없이 종이나 전자,
기타 다른 매체를 통해 복제, 저장, 전송될 수 없습니다.

KC인증 정보 **품명** 아동도서 **사용연령** 4세~9세 **제조년월일** 2025년 3월 10일 **제조국** 대한민국 **연락처**
02)3141-4421 서울시 마포구 성미산로32길 12, 2층 **주의사항** 종이에 베이거나 긁히지 않도록 조심하세요.
책 모서리가 날카로우니 던지거나 떨어뜨리지 마세요.